第二辑
我也会发明
I AM ALSO AN INVENTOR

策　划　诸敏刚
撰　文　李丹芷

知识产权出版社
全国百佳图书出版单位

图书在版编目（CIP）数据

我也会发明. 第二辑 / 诸敏刚策划；李丹芷撰文. — 北京：知识产权出版社，2019.6（2020.5 重印）
ISBN 978-7-5130-6247-3

Ⅰ.①我… Ⅱ.①诸…②李… Ⅲ.①故事—作品集—中国—当代 Ⅳ.①I247.81

中国版本图书馆 CIP 数据核字（2019）第 084696 号

责任编辑：孙　昕　　　　　　　　　　责任校对：谷　洋
装帧设计：智兴设计室・索晓青　　　　责任印制：卢运霞

我也会发明（第二辑）

策　　划　诸敏刚
撰　　文　李丹芷
绘　　画　智兴设计室・索晓青
封面插画　BOXING

出版发行	知识产权出版社 有限责任公司		网　　址	http://www.ipph.cn
社　　址	北京市海淀区气象路 50 号院		邮　　编	100081
责编电话	010-82000860 转 8111		责编邮箱	sunxinmlxq@126.com
发行电话	010-82000860 转 8101/8102		发行传真	010-82000893/82005070/82000270
印　　刷	三河市国英印务有限公司		经　　销	各大网上书店、新华书店及相关专业书店
开　　本	890mm×1240mm　1/24		印　　张	5
版　　次	2019 年 6 月第 1 版		印　　次	2020 年 5 月第 2 次印刷
字　　数	60 千字		定　　价	49.00 元

ISBN 978-7-5130-6247-3

出版权专有　侵权必究
如有印装质量问题，本社负责调换。

编委会

主　　任　　申长雨

副 主 任　　甘绍宁

执 行 主 任　　胡文辉　　诸敏刚

执行副主任　　李　程

编　　委　　王润贵　　徐海燕

留住孩子的想象力，就留住了国家和民族的未来（代序）

诸敏刚

党的十九大报告中指出，加快建设创新型国家，要倡导创新文化，培育和践行社会主义核心价值观，"要以培养担当民族复兴大任的时代新人为着眼点，强化教育引导、实践养成、制度保障，发挥社会主义核心价值观对国民教育、精神文明建设、精神文化产品创作生产传播的引领作用，把社会主义核心价值观融入社会发展各方面，转化为人民的情感认同和行为习惯。坚持全民行动、干部带头，从家庭做起，从娃娃抓起。"只有扎实做好青少年创新创造能力的培养，才能提供充沛的创新人才储备，满足创新驱动发展战略的迫切需求。

唯改革者进，唯创新者强，唯改革创新者胜。在此背景下，知识产权出版社首创并出版"我也会发明"系列小说正恰逢其时。小说以"遇到问题—

受到启发—解决问题"为基本框架，集科学性、知识性、趣味性、可读性于一身，寓教于乐，通过100个讲述发明创造的精彩故事，启发青少年的发明创造思维、培养青少年的创新意识、提升青少年的科学素养和科技创新水平。

除纸质图书外，知识产权出版社还着手打造动漫产品，以更好满足青少年们的多层次需求。项目组邀请到国际著名"童话大王"郑渊洁先生为《我也会发明（第一辑）》写序，他欣然接受。他在序言中阐明了想象力对国家和民族未来产生的深远影响，指出了孩子们天生拥有想象力，激发了家长对孩子们创新创造力及财商培养的意识，并发出"留住孩子的想象力，就留住了国家和民族的未来"的强烈呼吁。我们深信，"我也会发明"系列小说、动漫项目必将有效促进青少年创新意识、创造能力的有效挖掘和提升，增强青少年的科技素养和科技创新水平，从而为培育和储备未来创新型人才、建设创新型国家作出贡献。

青少年创新、创造力的培养，是实现"中国梦"的重要途径。中国梦是历史的、现实的，也是未来的；是我们这一代的，更是青年一代的。只有一代代青年接力奋斗，中华民族伟大复兴的中国梦才能变为现实。青年最有朝气、最有活力、最有创造精神，是中国特色社会主义新时代勇立潮头的弄潮儿。为青年搭建实践创新的舞台，为青年提供开启智慧大门的钥匙，为青年打造启发创新创造思维的作品，有助于让他们在学习生活中积极思考、善于开拓、勇于创新，有助于他们在实现中国梦的同时放飞青春梦想，有助于让他们站在巨人的肩膀上书写新的篇章。

  青少年创新、创造力的培养，是加快知识产权强国建设的新形势需求。为真正实现创造力培养"从娃娃抓起"，近几年来，国家知识产权局高度重视青少年创新意识、创造能力的培养。《国家知识产权战略纲要》和《深入实施国家知识产权战略行动计划（2014—2020年）》的颁布实施，为青少年创新意识、创造能力的培养提供了政策指引和行动指南。与此同时，科技部、教育部和中国科协等单位也一直在采取积极措施提高青少年的创造能力。培养青少年创新创造意识，对促进国家创业创新蓬勃开展，对集聚发展新动能、提高国家创新力、打造竞争未来新优势，凝聚更多知识产权强国建设强大合力，具有重要意义。

　　青少年创新创造能力的培养，是推动大众创业万众创新的人才支撑。青年一代有理想、有本领、有担当，国家就有前途，民族就有希望。青少年是我国社会主义现代化建设的接班人，他们蕴藏着无限的创造力。只有大力开发和提高青少年的创造能力，才能为我国科技创新和经济转型升级储备人才，才能进一步驱动我国经济社会向前发展，才能发动大众创业万众创新的强大引擎，从而实现中华民族的伟大复兴。

　　少年智，则国智；少年强，则国强。青少年创新、创造力的培养功在当代、利在千秋。作为知识产权出版领域从业者，我们更当在十九大精神的鼓舞下，把力量凝聚到创新驱动发展上来，不断推陈出新、努力打造精品，积极致力于青少年创新、创造力培养，为全面建成创新型国家、实现中华民族伟大复兴的中国梦作出贡献！

（作者系知识产权出版社有限责任公司党委书记、董事长、总经理）

我也会发明

1 打着雨伞的锁芯 …………………………… 01

2 轻松开罐头 …………………………… 13

3 停车场上的气球指示员 …………………………… 27

4 电视医生 …………………………… 39

5 "摔"出来的小花园……………… 51

6 "手足有措"的鼠标……………… 65

7 管理道路的"三角积木"………… 79

8 "瀑布"变"溪流"………………… 93

目 录

篇首语

小伙伴们：

大家好！

我又和大家见面啦！在《我也会发明（第一辑）》中，我的名字叫"乐乐"，我平时爱思考、爱动脑、爱发明，在国家知识产权局申请了很多专利，不知道大家记住我了吗？

为了让小伙伴们更深刻地记住我，爸爸、妈妈又给我起了一个新的名字："权权"，没错，就是"知识产权"的"权"，希望我能够成为你们发明创造路上的好朋友，希望你们和我一样，爱上发明创造，让我们一起申请更多的专利吧！对了，千万不要忘记，在大家发明创造的同时，要保护好自己的知识产权哟！

我是权权，大家记住我了吗？接下来，和我一起开启发明创造之旅吧！

此致

敬礼！

爱你们的权权

2019 年 5 月

我也会发明

又是一个周末,爸爸、妈妈带着权权开着车去爷爷家玩儿。一路上,权权瞪大了眼睛看着窗外的风景。

天阴阴的,郊外是那么安静,能听到池塘里的蛙鸣、树梢上的蝉叫,能看到远处的青山和绿色的稻田。小燕子飞得很低,天空开始下起了蒙蒙细雨。雨滴轻轻地敲打着车窗,像伴奏的小舞曲,雨丝细如牛毛,洒在池塘中,激起的小水花在轻盈地跳着欢快的舞蹈。没一会儿的工夫,又刮起了大风,风呼呼地吹,吹得小草在摇摆,小树都弯下了腰,豆大的雨滴打在了涟漪轻漾的湖面,"嗒嗒"

地砸向车窗，水流顺着车窗极速滑落下来，霎时间看不清窗外的景色，只听见风声、雨声合奏的交响曲……

雨刷器在"唰唰"地不停摇摆。"哎呀！昨天竟然忘记看天气预报。"爸爸一边减速开车，一边懊悔地说道。

妈妈说："是啊，谁能想到这几天好端端的天气，怎么突然下起这么大的雨来？别着急，慢一点儿开，我们很快就到。"

"我看到爷爷家啦！"权权开心地欢呼。

权权一家刚下车，就看到爷爷、奶奶在大门口撑着雨伞接他们，"爷爷！奶奶！"权权开心地扑向他们，忘记了自己没打雨伞。"哎！权权！"爷爷、奶奶笑眯眯地看着权权，带着权权进屋去了。

我也会发明

爷爷、奶奶给权权准备了好多零食：饼干、果冻、薯片、罐头水果……权权看到这一桌子好吃的，眼睛都发亮啦！他一边看着电视，一边不停地吃着零食，几乎把桌子上的零食挨个打开吃了个遍！不一会儿，他又想吃罐头，于是他就用小手拼命地拧罐头瓶子，可是，他费了九牛二虎之力，累得满头大汗，罐头瓶子还是没有拧开。他只好求助爸爸，爸爸从厨房找来一条干毛巾，垫在瓶盖上使劲地拧着，只听"啪"的一声，瓶盖开了！权权终于如愿以偿地吃到了味道甜美的罐头食品。

第二天，太阳公公出来啦！阳光洒向大地，田野里的花儿也开得更艳了，绿草青翠欲滴，露珠折射出七彩之光，闪闪发亮，像孩子调皮的眼睛，一眨一眨的。微风吹过，凉凉的，夹杂着泥土的清香和野花的芬芳。

权权心想：天气真好！这可是骑脚踏车兜风的大好时机。

"爷爷,我的脚踏车呢?"

"最近下雨天比较多,我把它锁进旁边的库房里了,我带你去取。"

"好啊好啊!"权权一蹦一跳地跟在爷爷身后。爷爷拿着钥匙,准备开库房的铁锁,只见铁锁上锈迹斑斑。爷爷拿着钥匙插入锁孔,却发现根本无法转动钥匙,急得满头大汗:"哎呀!最近雨水多,估计是雨水顺着锁杆流进去,锁的内部生锈了。"权权也在一边急得直皱眉头。妈妈看见爷爷着急的样子,赶快说道:"没事的,不骑车了,我们去散步吧。"于是,妈妈带着权权去田野间散步了。

我也会发明

晚上,权权躺在床上,透过窗户看着乡村的美丽夜空:星星那么多、那么亮,像一颗颗晶莹闪烁的宝石,点缀在深蓝色的夜幕上,天空好像很低,离自己很近。明月升起来了,月光洒在天地间,为穿行而过的薄云镶嵌了发亮的银边,也为田野穿上了银色的纱衣。

权权一边欣赏着迷人的月色,一边反复地思考:雨水从锁孔流进锁芯里,会使铁锁里面生锈,怎样才能阻止雨水流进锁芯呢?给铁锁外面套上塑料袋?不行……塑料袋也会漏水;或者……加个木头外壳?不行……这样既不耐用也不能防潮;或者……想着想着,权权睡着了……

不知何时,外面又下起了小雨。

权权可是睡足了,一觉醒来,已经快到吃午饭的时间了。雨依然在下。

奶奶提着菜从市场回来,进屋后,将雨伞直接倒立在了墙角。

权权看着立在墙角的雨伞,上面的雨水顺着伞面流在地上,心想:我们打伞,可以避免身体被淋湿,要是能给锁芯也打一把"伞"就好啦!权权转了转眼睛,好像有了办法!

我也会发明

午饭后,权权开始坐在板凳上画呀画:将这把"雨伞"放在什么位置呢?他一会儿把"雨伞"画在U形锁杆的上面,一会儿又画在中间,"哎……都不行!"反复尝试失败之后,他从爷爷家的工具箱里翻出了一把旧锁,拿着它研究起来。

"哦……原来雨水是从这里流进去的!"权权恍然大悟,他发现锁杆两个端口都可以流进雨水,"这样……就给它打两把'小伞'吧!"

权权迅速地画好图,拿着他的"最新发现"给爸爸看。

权权的想法

哦,原来是给锁杆的缝隙加了一个像雨伞一样的防水结构啊!好主意!

父子俩聚精会神，一起来制作防水挂锁。爸爸找来一些橡皮胶。

"爸爸，为什么要用橡皮胶啊？"

"因为橡皮胶材料有弹性，你将锁杆按到锁孔里的时候，它还要再弹起来，若用没有弹性的材料，你就无法将锁杆按下去了。"

这个挂锁包括U形锁杆和两个锁孔，在锁孔的上方、锁杆靠近锁身的位置固定了一个半球形的橡皮防水帽。

这个防水帽锁闭状态下与锁身紧密吻合。这样，就能避免雨水渗进锁芯，使其生锈而不能打开啦！

我也会发明

大功告成！权权兴奋地拿着这把"防水挂锁"放在水龙头下使劲地冲，只见水顺着半球形的简易防水帽分散开来，流了下去。一会儿，权权用钥匙小心翼翼地打开铁锁，睁一只眼、闭一只眼，期待地盯着锁孔里面看，又用棉签捅了捅，发现锁孔里面一点也没有湿！

权权兴高采烈地把这个"礼物"送给爷爷，说道："爷爷，以后仓库的门锁就用这把吧！"

爷爷拿着挂锁，反复看了看，好奇地问："这把锁有什么特别之处啊？"

"爷爷，这把锁是防雨的，雨水不会从锁孔流到锁芯，锁就不会生锈了。"

"这么好的主意是谁想到的啊？"

"当然是我啦！"权权拍着胸脯说道。

"也有我的功劳吧！"爸爸也来"抢功"。

权权父子俩真是搞小发明创造的黄金搭档啊!

妈妈拿起这把防水挂锁看了看,皱着眉头说道:"在锁杆上加了防水帽以后,锁杆就变粗了,不易通过门环。权权,你再想一想,还有没有其他的办法啦?"

权权想了想,说道:"那就只能把门环做得大一些。"

爸爸鼓励道:"权权,慢慢想吧,你这么爱动脑筋,一定可以想到更好的办法的!"

结束
END

看完《打着雨伞的锁芯》,你想到了什么?
(写一写,画一画)

 打着雨伞的锁芯 12

2 轻松开罐头

我也会发明

早春二月,暖暖的阳光融化了大地上的积雪,空气里充满着泥土的清香。小树冒出嫩嫩的新芽,原本光秃秃的土地上,也长出了一簇一簇新绿的小草,为冬姑娘画的"水墨画"点缀上绿色的水彩。迎春花先开了,她穿着黄色的裙子,在这个初春显得格外绚烂夺目。小燕子也开始陆续从南方飞了回来,叽叽喳喳地唱着婉转的歌曲,啄着春天的泥土……

和煦的春光洒向校园,整个校园显得生机勃勃。

"好,今天的课就上到这里,下课!哦,对了……同学们,明天我们班组织去春游,"班主任王老师看着可爱的同学们,笑呵呵地说,"大家可以自备零食,我们中午还要野餐!"

"哦!太棒啦!""我要带好多好吃的!""太好啦!"同学们听到这个"激动人心"的消息后嚷开了,一阵欢呼雀跃,就像一群叽叽喳喳的小燕子,教室里顿时热闹起来。

"同学们先静一静,"王老师又严肃了起来,推了推架在鼻梁上的眼镜说道,"请同学们注意,要带健康卫生的食品,以免拉肚子!还有,自备垃圾袋,不要乱扔垃圾!大家都听清楚了吗?"

"听——清——楚——啦!"同学们异口同声地答道。

放学后,妈妈带着权权去超市,权权看到货架上各种各样的零食,饼干、果冻、薯片、罐头食品……仿佛都在向他招手,眼睛都发亮啦!他手里拿着这个货架上的零食,眼睛还在不停地看着另一个货架上的零食。"别拿太多,该背不动了。"妈妈不断地叮嘱着这个"小馋猫"。

零食准备好了,权权想象着明天的快乐时光,笑着进入了梦乡。

第二天,初升的太阳缓缓跃出地平线,第一缕阳光照进权权的房间里,床旁的闹铃响了,权权一个"鲤鱼打挺"起了床。他以最快的速度收拾好行装,奔向学校!

王老师头戴黄色鸭舌帽,手举小红旗,带领同学们出发了。同学们排成两队,手拉着手,唱着班歌,欢快地行进着,道路两旁的树林里,鸟儿也一同歌唱,路上充满了欢声笑语。

　　野餐时间到了,同学们在空地上搭起了帐篷,纷纷打开自己带的零食。权权左手拿着薯片,右手拿着饼干,不一会儿,他又想吃罐头,于是他就用小手使劲地拧罐头瓶盖。可是,他费了九牛二虎之力,累得满头大汗,还是没有拧开。"壮壮,我想吃罐头,请你帮我打开瓶盖吧。"权权向身材稍微高大一些的壮壮求助。壮壮走了过来,拧了又拧,费了很大力气,也没有打开。权权只好向班里长得最高大的大白求助:"大白,这个瓶盖好紧啊,我和壮壮都没有打开。"

　　"我来试试看,"大白撸起袖子,用手拧了拧,还是没拧开,"嘿,还真是挺紧!"权权想起,之前去爷爷家吃水果罐头,爸爸好像用一条干毛巾垫在瓶盖上拧,瓶盖就开了,他想:虽然现在没有干毛巾,但是用衣服来垫着应该也可以。于是,权权用衣服垫着拧瓶盖,试了又试,瓶盖就像跟他较劲一样,

还是没有拧开……这时,王老师探着头,望了望这几个跟瓶盖"较劲"的人,背着手慢慢走了过来:"我看见你们几个在这里忙活半天了,是在干吗呀?""王老师,我们打不开罐头瓶盖。""我来帮你们吧。"只见王老师在瓶盖上垫了一块小手绢,用力一拧,"啪"的一声,瓶盖开了!

同学们纷纷说道:"王老师,您的力气真大!"

"大家想一想,拧开罐头瓶盖除了要力气大之外,还有没有窍门啊?"王老师笑着问道。

"用毛巾垫着。""用衣服垫着。"

"拧开瓶盖的窍门儿,你们只掌握了一点,还不够啊。"孩子们瞪大了眼睛认真地听着。王老师继续说:"刚才,权权用衣服垫在瓶盖上拧,这是为了加大摩擦力,但这只是打开瓶盖的一个方面,另一个方面是什么呢?就是增加力矩,以后你们上物理课会学到杠杆原理。你们好好开动脑筋,思考一下,看

能不能想出拧开瓶盖更好的办法吧。"

罐头瓶盖虽然打开了,可与瓶盖"作战"的过程还是很艰辛的,权权心想:这样可不行,罐头瓶盖这么难打开,吃起来多不方便啊,我得想个不费吹灰之力就能打开罐头瓶盖的办法!

权权仔细思考着王老师留下的问题,打算回到家把"杠杆原理"搞清楚。

我也会发明

过了几天，权权和几个小伙伴一起骑着自行车玩耍。一路上，他们骑过平整的水泥路，也骑过颠簸的石子路，上坡又下坡，一会儿停下来有说有笑，一会儿飞速前进比试谁的速度快……

这时，壮壮的自行车发出了"当当当"的响声，可他没有在意，继续骑行。原来，是壮壮自行车车筐的一颗螺丝帽松了，只见这颗螺丝帽在颠簸的时候颤抖着，越来越松。

"哎，大家等一等我。"壮壮发觉车筐总是在晃，连忙按下刹车，喊住大家，下车看个究竟。

"咦？怎么啦？"大家纷纷问道。

"我车筐的螺丝帽松了，我来把它拧紧。"

只见壮壮用他的小胖手，捏住小小的螺丝帽，使劲拧了一圈又一圈，他瞪着眼睛，咬了咬牙，又拧了两圈："好啦！"壮壮拍了拍手上的灰尘，和小伙伴们继续骑车前行。

可是，没过多大一会儿，壮壮的车筐和之前一样，那颗螺丝帽又松了。权权见状说道："咱们还是去修理店吧。"

于是，他们到了修理店。修理店的爷爷看了看壮壮的车筐说道："这个简单。"然后，他从工具箱中拿出扳手，爷爷粗糙黝黑的手一边紧紧握住扳手长长的手柄，一边轻松地转了一圈又一圈。权权瞪大了眼睛，紧紧地盯着爷爷手中的扳手，心想：爷爷的力气不会比壮壮大很多，看来这个扳手可以增加力气呀！

"爷爷，能给我看看这个吗？"权权指着爷爷手中的扳手说道。

"好，你看这个做什么？怪脏的。"爷爷笑眯眯地看着权权，把扳手递给权权。

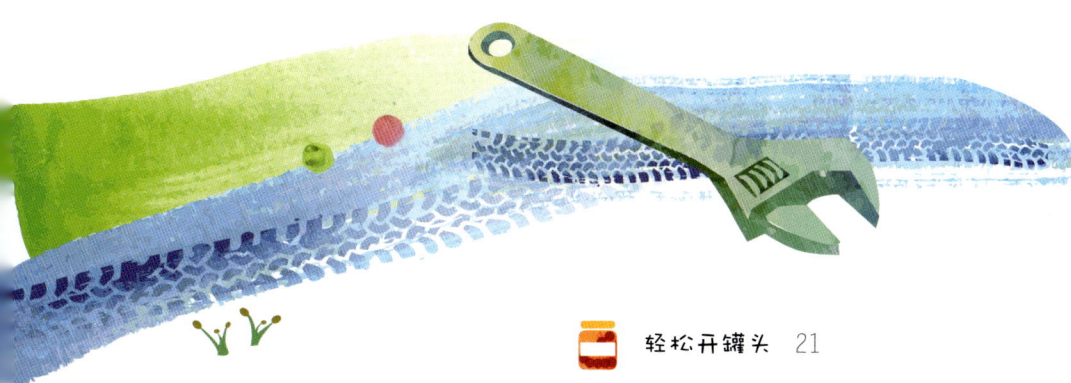

我也会发明

想到啦！

权权拿着扳手仔细地看，回想起王老师说过的"力矩"和"杠杆原理"。

"杠杆原理？这，就是杠杆吗？"权权陷入了沉思，"那么，只要这个扳手的开口处足够大，并可以根据瓶口的大小调节，它就可以打开瓶盖！"

周末，权权去爷爷家，看到毛驴在一圈一圈地拉磨，突然想到：这个磨盘好像一个大大的"瓶盖"，毛驴拉着长杆就可以轻松地转动磨盘，这，也是杠杆原理呀！真是太有趣了，看来，解决问题的办法还不止一个。

权权回到家画了很多图，有"扳手"形状的开瓶器，也有"磨盘"形状的开瓶器。

"扳手"形状的开瓶器

就这样,"扳手"开瓶器和"磨盘"开瓶器很快就设计好了。

爸爸找来一些材料和工具,开始和权权一起制作这两种开瓶器。做好之后,他们找来一瓶新的罐头,将罐头瓶紧紧地塞在底座中,再将开瓶器的钳口慢慢收紧。

"快来试试吧!"爸爸对权权说。

权权将底座抱在怀里,一只手扶住底座,另一只手握紧开瓶器的手柄,用力一拧,只听"啪"的一声,罐头瓶盖打开啦!

"再试试这个'磨盘'开瓶器。"

权权把"磨盘"下面的"爪子"紧紧地扣在瓶盖上,慢慢转动开瓶器的手柄……"啪!"罐头瓶盖又打开啦!

父子俩合作,终于将这个难题解决了。

妈妈开心地说:"没想到,我们的'小吃货'又有小发明了。"

生活中总会遇到问题,只要多动脑筋,勤于思考,没有什么问题是解决不了的。

结束
END

看完《轻松开罐头》,你想到了什么?
(写一写,画一画)

我也会发明

3
停车场上的气球指示员

我也会发明

周末的清晨,金色的阳光洒向大地,鸟儿早早地在枝头歌唱,清爽的风吹过窗户,轻抚在柔软的窗帘上,窗帘一摇一摆地飘在窗台上,像是在和权权招手,叫他赶快起床。

权权还在呼呼睡大觉,妈妈悄悄走进了权权的房间叫他起床。妈妈从权权嘴角流出的口水可以判断,他一定又梦见好吃的了。"权权,起床了。"妈妈轻轻地拍着权权的肩膀。权权眯着眼睛,擦了擦嘴角的口水,不情愿地转过身去继续睡觉。"权权,你忘记了吗?今天我们要去机场接姗姗妹妹,明天我们还要看她的舞蹈比赛呢。"

"哦,对呀!"权权险些忘记了,他连忙跳起来盥洗,吃过早餐后和爸爸、妈妈去机场接姗姗妹妹和芳芳阿姨了。

他们的小轿车开到了机场,准备找个地方停车。可是机场的停车场从远处看起来满满的,根本看不出来哪里有空车位。

停车场上的气球指示员 28

"哎,那里好像有一个空车位,我们开过去看看吧。"妈妈指着左手边的远处说道。于是,爸爸将车慢慢开到了那里,走近一看,那里明明有一辆车,根本不是什么空车位。"爸爸,那里好像有一个空车位。"权权指着右手边的远处说道。"好吧,咱们去那边看看。"爸爸又开着车慢慢地向右边驶去,走近一看,那里确实有个空当,但由于是出口,禁止停车。"再看看那边。"妈妈又指了一个地方,他们的车刚刚开到附近,却发现这个空位子被别人的车"捷足先登"了!眼看着姗姗妹妹和芳芳阿姨的飞机就要降落了,他们的车却始终找不到停车位,急得一家三口绕着停车场团团转。权权心想:这么大的停车场,从远处根本无法判断是否有空车位,找停车位太耽误时间,我一定要想出解决问题的办法!

终于,他们在停车场保安叔叔的指挥下,把车停了下来。一家三口向接机门走去。权权踮起脚尖,瞪大了眼睛寻觅着芳芳阿姨和姗姗妹妹的身影。

"权权哥哥!"一个百灵鸟般清脆的声音从不远处传来。

权权顺着声音望去,正是姗姗妹妹在喊他。"姗姗妹妹!"权权高兴地跑了过去。"实在不好意思啊,今天我们来晚啦!哎……本来应该很早的,可是我们在停车场找了半天空车位,耽误了时间。"爸爸抱歉地说道。

"没关系的,大的停车场都不好找车位,从远处根本无法看到哪里有空车位,只能靠运气啦。"芳芳阿姨说道。

在回家路上,权权和姗姗妹妹开心地说啊笑啊,姗姗妹妹还拿出了她最喜欢的水彩笔,他们一起在车上画着美丽的图画。

"看这俩孩子玩儿得多开心,像咱们小时候一样!"妈妈对芳芳阿姨说,"这次姗姗来参加比赛,你们可得在这多玩儿几天啊。"

"姗姗回去还要学画画呢!现在的孩子够累的,总要学这学那,可不像咱们小时候那样轻松。"芳芳阿姨说。

第二天,姗姗妹妹参加的跳舞比赛开始了。权权和爸爸、妈妈、芳芳阿姨在台下观看。

姗姗妹妹的儿童舞蹈在期待中拉开了帷幕。只见20位活泼的小舞者手中拿着五彩的花儿欢快地挥舞着,她们

我也会发明

　　一会儿围成一个圆圈，一会儿分散开来，一会儿又聚成一个方阵，时而像大草原上矫健的小马驹，热情欢快，时而又像一蹦一跳的小兔子，灵动轻盈，手中五彩斑斓的花儿也一闪一闪地跃动，看得大家眼花缭乱。

　　"芳芳阿姨，我怎么找不到姗姗妹妹了？"姗姗妹妹随着队形的不断变化，她的位置也在不断变化着，时而就消失在"花海"中，再加上小舞者们穿的衣服、拿的花儿都一样，这让权权很难判断哪个是姗姗妹妹。

　　"看，那个！"芳芳阿姨指着最前排其中一个小舞者说道。"哪个？我怎么没看见呢？"权权还是无法判断哪个是姗姗妹妹。"看！前面最矮的那一个！"妈妈补充道。

"最矮的哪个?"这时,小舞者们刚好一字排开,齐刷刷地举起手中的花儿,权权一眼就看到前排最矮的那朵花儿,"啊!我看到姗姗妹妹啦!"

就在此时,权权茅塞顿开:因为姗姗妹妹比其他小舞者的个子矮,所以当她们排成一排,双手同时举起手中花儿的时候,虽然我们在远处,但根据花儿位置的高矮,也能一眼找到姗姗妹妹的位置。那找空车位是否也可以使用这样的办法呢?权权想着,又摇了摇头:不行,车子没法"举起"花儿……

灵感的火花刚刚摩擦出来,又被这个难题给浇灭了。权权若

有所思地继续观看表演。此时，20位小舞者的队形又发生了变化：她们整齐地排成四行五列，每隔一人单膝蹲下：第一、三行是第一、三、五列的小舞者单膝蹲下，第二、四行是第二、四列的小舞者单膝蹲下，如此交替进行……她们一直都摇晃着手中的花儿，花儿一会儿上升、一会儿下降，"花浪"此起彼伏……

"我想到解决问题的办法啦！"权权突然来了灵感，叫出声来。爸爸惊奇地看着权权问道："你又想出什么妙计了？这么激动。"

权权自信地拍拍胸脯说道："我想到能在停车场上快速地找到空车位的办法啦！"

"你要能解决这个问题，那就太棒了，快说来给大家听听。"

权权的想法

首先，我要买一大堆气球，充入氦气。

空车位处系气球的绳子没有弯曲，是垂直的。

然后，我要在每个车位的中间位置用长长的绳子系上一个气球，这样人在远处就能看到气球，这就是空车位。

泊车后，系气球的绳子被车压低。

而泊车车位上的气球，位置相对低些，司机就看不见气球了。

"权权,你是怎么想到的呀?"芳芳阿姨惊讶地问道。

"我是看姗姗妹妹跳舞的时候想到的,她们跳舞的队形总是变化,一会儿蹲下,一会儿又站起来,手中挥舞着花儿,我就把花儿想象成气球啦!"

"那你是不是把姗姗妹妹想象成小轿车了?"爸爸哈哈大笑道。

"嗯……也不是……"权权害羞地摸了摸脑袋。

爸爸又说道:"你这个办法非常好,但是只限于风和日丽的晴天,若是遇到刮风天、下雨天,你的这些小气球可要保不住喽!"

"哎,也是啊,刮风天来了,我的小气球该被风刮跑了。"权权又皱起了眉头。

"别着急,慢慢想,相信你聪明的小脑瓜一定还会想到更好的办法的!"妈妈鼓励道。

这时,姗姗妹妹的舞蹈表演结束了,台下掌声雷动,仿佛也在给爱思考的权权加油鼓劲儿。

结束
END

看完《停车场上的气球指示员》,你想到了什么?(写一写,画一画)

4 电视医生

我也会发明

我也会发明

"进球啦！赢啦！"权权坐在电视机前的地板上，看着精彩的足球比赛，拍着手叫道："这场比赛太精彩啦！"

妈妈在厨房里做饭，听到了权权的喊声，伸头一看："哎呀，权权，和你说了多少次了，怎么又离电视机那么近！你是要钻进电视机里吗？"

听到妈妈严厉的话语，权权吓得扭过头一步蹿回了沙发里。

"权权，这个毛病怎么总不改呢？离电视机那么近，时间长了眼睛会近视，该戴眼镜了。"妈妈批评道。

权权挠着脑袋，委屈极了，说道："我也不知道为什么，一看到精彩的画面，总是不知不觉地往电视机前面凑……"说着，权权的脑海中出现了自己戴着圆圆的眼镜，摘下眼镜后眯缝着眼睛什么也看不清的样子，想着：我可不想戴眼镜！

我也不想戴眼镜！

周末，厚厚的云朵将太阳公公藏在了身后，正是一个户外运动的好天气。权权约了铮铮、大白、凯亮和他的双胞胎弟弟凯迪等人一起踢足球,打比赛。比赛开始啦!大家争先恐后地抢着球,经过一番你争我夺,球终于被铮铮抢到脚下,他一脚将球传给权权。权权就像踩了风火轮一样,步伐飞快,带着一股风向对面的球门飞奔而去,对面的守门员大白紧张得脚下跺着小碎步,身体左右挪动,生怕稍不留神球就破门而入。正在这时,凯亮突然来了一脚铲球,把权权盘带着正直奔大门的球传到了弟弟凯迪的脚下,凯迪带着球朝相反的方向跑去。守门员大白"呼"地松了一口气,权权懊恼得很,他正准备奋力起身再度抢球时,看见凯亮正在地上趴着找东西。"凯亮,你在干吗?"权权问道。"我的眼镜呢?我的眼镜在哪里?"凯亮一边用手摸着草

地一边说道。原来,刚刚凯亮在铲球的时候,由于脸上流了很多汗水很滑,把眼镜给甩飞了。

"大家都停下来,帮凯亮找眼镜吧。"权权提议道。

于是,大家停止了比赛,都趴在地上帮凯亮找眼镜。凯亮的眼镜很小,又被埋在草地里,非常难找。"要是能给眼镜打个电话就好了。""眼镜要是能发出声音,我们就知道它在哪了。""能发光也行啊。"大家纷纷说道。

太阳公公好像听到了小伙伴的对话,想帮助他们一起找眼镜,它伸了个懒腰,从云朵里探出头来,发出了一束光芒,这道光正好照在凯亮的眼镜片上。

"看!那里有亮光,一闪一闪的!"大家跑过去一看,果然是凯亮的眼镜。

"我不玩了,脸上流的汗太多,一会儿眼镜又甩飞了。"凯亮擦着汗说道,这时他戴着的眼镜顺着鼻梁又滑了下来,他赶紧向上推了推。

权权的眼睛转了几转,说道:"我来想想办法。"他看到不远处美琪和彤彤在跳皮筋,灵光一现,大声说:"有办法啦!"权权跑过去问道:"美琪、彤彤,你们能借我两根橡皮筋头绳吗?"美琪和彤彤互相看了看,反问权权:"头绳?干吗用?"

"制作防滑眼镜呀!"

"防滑眼镜?"美琪和彤彤将橡皮筋头绳递给权权,好奇地跟着权权跑过去一看究竟。

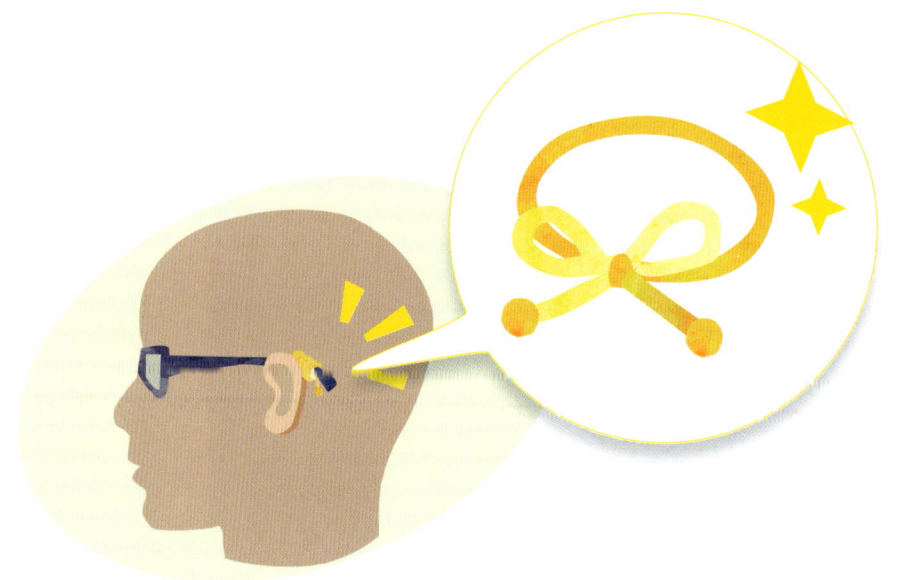

权权将橡皮筋头绳一圈一圈地绑在凯亮眼镜腿的末端,形成一个大大的"结",递给凯亮说道:"戴上吧!看看这回眼镜还会不会滑下来?"

凯亮半信半疑地戴上了"防滑眼镜",果然,由于这个大大的"结"将眼镜腿卡在了耳朵后面,眼镜没有再往下滑,他们开心地继续踢球打比赛。

晚上,权权躺在床上,想起妈妈说过的话:"离电视机那么近,时间长了眼睛会近视,该戴眼镜了。"想象着自己戴上眼镜的样子,权权自言自语道:"我才不要戴眼镜!戴着眼镜运动实在太不方便了。怎样才能让我看电视的时候不离那么近呢?"

周末到了，妈妈带着权权逛商场。商场里的玩具真多呀，有小赛车、变形金刚、橡皮泥、多米诺骨牌……权权真想把每一家玩具店都逛遍！

权权走进一家玩具店，一只脚刚踏进店里，就听见"欢迎光临"的女声电子音。

"咦？它怎么知道我进来了？"权权把脚撤了回去，又重新迈进这家店。"欢迎光临！"声音又响了起来，权权反复进进出出，这个声音就不停地响着。

"权权，在干吗呢？"妈妈拉住了权权，"不许调皮。"

"它怎么知道我进来了呢？"权权皱着眉问道。

"那是因为店家在这里安装了电子感应器，所以你进来或出去的时候，它就知道了。"妈妈回答。

欢蹦乱跳的权权突然安静了下来，默默地思考着。

欢迎光临！

我也会发明

第二天傍晚,权权在看电视时和以前一样,又要"钻"进电视机里了。"权权,"妈妈一边说着,一边用遥控器关掉了电视,"又离得那么近看电视,眼睛近视了要去看医生,总不能每次都让我提醒吧!"

"提醒?"权权突然眼前一亮,说道:"妈妈,不用你提醒啦!"

"不用我提醒,难道用你爸爸提醒吗?"妈妈生气地问道。

"也不用爸爸提醒,是它,"权权用手指着面前的电视机说道,"电视机来提醒我,它就是电视医生!"

"电视机怎么提醒你啊?电视医生是怎么回事?难道你离近了,电视机还会跟你说话不成?"妈妈好奇地问道。

"当然啦!"权权自信地仰着脸说道。

"快说说吧,又有什么好点子了?"一旁的爸爸迫不及待地问道。

"那天我在玩具店发现,电子感应器能够知道有没有人进入店内,还能发出'欢迎光临'的声音,如果电视机有这样的电子感应器,就可以发出声音提醒我远离电视啦,这就是电视医生啊!"权权侃侃而谈。

"哦,好主意!"爸爸笑着点了点头赞许道。

这是一个好想法,不过,有点复杂哦,我们得先画个图,让我们来试一试吧!

我也会发明

爸爸和权权找来纸笔,一起动手来设计这个"电视医生"。

权权的想法

首先,要把电子感应器放在这里,用于接收电视屏幕前预设距离内人体反射回来的超声波……

当离电视屏幕太近时,会发出报警声。但这样会打扰我看电视的,怎么克服呢?

那就设计成字幕警示语吧:请远离屏幕三米看电视。当你乖乖地退到三米以外,电视屏幕上的警示语就会自动消失。怎么样?

父子俩热烈地讨论着,期待"电视医生"早日出现在大家的面前。

结束
END

看完《电视医生》,你想到了什么?
(写一写,画一画)

5
"摔"出来的小花园

我也会发明

"丁零零……"一阵急促的电话铃声打破了周末清晨的宁静。此时,妈妈还没有起床,她揉了揉惺忪的睡眼,打了个哈欠,拖着慵懒的步伐走到电话前,接起了电话:"喂?……哦……好的好的,我马上就过去。"

"怎么了?"爸爸问道。

"哎,要去单位加班。"妈妈长叹一口气。

权权也被电话铃声吵醒了,不过,他美美地睡了一夜,此时已经精神了,他噔噔噔地跑到妈妈面前问道:"妈妈,你要去单位吗?"

"是啊,你今天在家好好写作业。"妈妈拍了拍权权的小脑瓜说道。

"妈妈,我就差手工作业没有完成了,不是说好今天要陪我一起做手工的吗?"权权皱着眉毛、噘着小嘴说道。

"妈妈单位临时有事,让爸爸陪你做吧。"妈妈无奈地解释道。

"才不要!爸爸做的手工太差啦!"权权压低了声音在妈妈耳边说道,"还

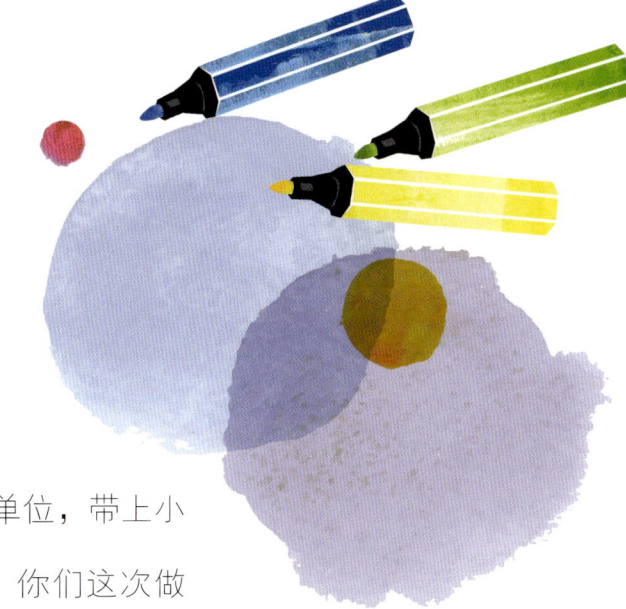

不如我自己做的呢!"

妈妈捂着嘴笑道:"那好吧,你和我一起去单位,带上小工具,我工作中间休息的时候跟你一起做手工。你们这次做手工的内容是什么?"

"是废物利用创意手工。"

"正好妈妈的单位有好多可以利用的废品,让我们一起'变废为宝'吧。"

"太好啦!"权权开心地将他的彩色画笔、小剪刀等工具装入书包,和妈妈一起走了。

到了妈妈的单位,妈妈找来一些废弃的纸壳、矿泉水瓶、易拉罐等,说道:"权权,素材都在这里了,你先自己想一想,怎样能够将这些废弃的东西变成'宝贝'。妈妈先工作,一会儿休息的时候陪你一起做。"

我也会发明

权权一边剪着、画着,一边在思考:这个纸壳能用来做什么呢?这个瓶子变成什么样才实用呢……

过了一会儿,妈妈走过来,看到权权将一张硬纸壳做成了一个长方形的小盒子,问道:"权权,你做的这个是什么?""是笔筒,一会儿我还会在上面画上美丽的图案,这个实用吧?""嗯,想法不错,非常实用!那你又想把那些瓶子做成什么呢?""我想把它们做成玩具车,但是不实用呀。""玩具车既可以当艺术品,也可以玩儿,也算实用。你继续做吧,妈妈再去工作一会儿。"

权权继续专心致志地做着玩具车,他用矿泉水瓶的瓶盖当作车轮,用易拉罐作车身,又在矿泉水瓶身上画出两只翅膀的形状,剪下来粘在玩具车的车身上……没一会儿的工夫,一辆"小飞车"就做好啦!权权开心地拿着他的"小飞车"在空中"飞来飞去",嘴里还不停地为他的"小飞车"配音:"呜呜呜……嘀嘀嘀……"就在这时,他的手臂不小心碰到了办公桌边上的小花盆,只听"啪"的一声,小花盆掉在地上摔成了两半!权权一看傻了眼:这可怎么办,来到妈妈单位还闯了祸,赶快收拾!他将摔成两半的小花盆收拾起来,然后连忙去妈妈那儿主动承认错误。

我也会发明

权权静悄悄地走到妈妈的工位旁,轻轻地在妈妈耳边说:"妈妈,我刚刚惹祸了,我把一个小花盆给弄碎了。"

"怎么搞的?是不是又在淘气了?"妈妈低声批评道。

权权惭愧地低下头。

"再等我五分钟吧,我核对完这个表格就过去收拾。"

于是,权权就安静地在妈妈旁边等着。他看到妈妈的手指不停地在点击鼠标,由于长时间保持同样的动作,妈妈手指好像很酸痛,不时地甩一甩手腕,握一握拳头,活动活动手指,放松一下。权权心想:妈妈的手指每天都这样不停地点击鼠标,手指、手腕、肩膀一定会很累,我得想出个好办法,不让妈妈这么辛苦。

权权妈妈好辛苦啊!

五分钟后,妈妈伸了伸懒腰,站起来说:"走,咱们一起去收拾你的'烂摊子'吧。"

妈妈和权权走到破碎的小花盆前,权权拿起了他的"小飞车"有些委屈地说:"就是因为玩儿这个,我才把小花盆打碎的。"

妈妈看到了权权的"小飞车"和他打碎的小花盆,不但没有批评权权,反而笑着说:"嗯,'小飞车'做得不错,花盆嘛,虽然碎了,但还是有办法废物利用的,看妈妈给你把它变得比以前更漂亮!"

"妈妈太厉害了,你能把小花盆重新粘上吗?"权权瞪着大眼睛问道。

"把小花盆重新粘上,这有什么创意啊,"妈妈笑眯眯地说道,"你们不是留了手工课要废物利用吗?看妈妈怎样把这个小花盆'变废为宝'!"

妈妈的创意

将花盆碎片放在地上，下面用硬纸壳垫着，用小锤子一下一下地将这块大碎片敲成一个个更小的碎片。

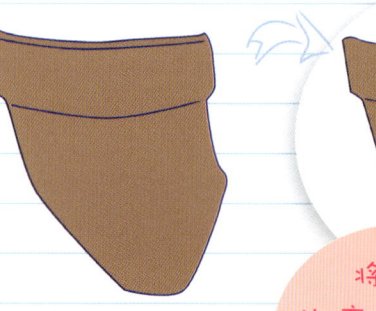

将大碎片变成小碎片。

又把这些碎片重新装饰在花盆里。

这个好像小台阶呀！

"摔"出来的小花园　58

妈妈要用这个碎花盆做一个小花园。

权权想在小花园里建一座小房子，就在纸上画了起来。

妈妈按照权权画的图，用硬纸壳建好了一座小房子，还在小花园里栽上了不同品种、不同颜色的多肉植物。

权权看着这个在妈妈手中变得栩栩如生的小花园，此刻真想变成一个小小的人儿，在台阶上踏一踏、坐一坐，再走进那座小房子……

太漂亮啦，妈妈真厉害！

"摔"出来的小花园

权权开心地拍着手说道:"妈妈,你做的这个小花园比我的'小飞车'好多啦!"

你做的"小飞车"也很有创意呢!只要肯动脑筋,生活中处处都是"宝贝",都是创意啊!

星期一到了,权权开心地带着他"变废为宝"的作品去上学。

"同学们,上周末给大家留的手工课都完成了吧?下面请同学们上讲台来展示自己的作品。"手工课张老师笑着说道。

同学们争先恐后地上台发言。

"大家好,我用鸡蛋壳做了一个'蛋壳人'。"

"我用冰棍棒做了一个装围棋子的棋盒。"

"我用报纸叠了一个钱夹。"

"我用吸管做了一幅画。"

……

这时权权走上讲台:"我为大家展示三个作品:第一个,是我用硬纸壳做的一个笔筒,上面画上了美丽的图画;第二个,是我用废弃的矿泉水瓶和易拉罐做的'小飞车';第三个,是我妈妈做的……"说着,权权把"小花园"盆景搬到了讲台上。"真漂亮!""太好看啦!"同学们连连称赞。

我也会发明

"这个花盆在周末时不小心被我打碎了,我妈妈就用花盆的碎片制作了这个美丽的盆景,还在上面'建造'了一座小房子。"同学们都不由自主地鼓掌。

张老师欣慰地总结道:"同学们,今天大家展示的作品都非常棒,把原本应该扔掉的废弃物变成了一件件精美的艺术品或者实用的工具。生活中还有很多可以废物利用的物品,希望大家善于发现,勤于思考,我们的生活将会更加美好!"

张老师把权权的"小花园"留在了班级,放在窗台上,希望以此鼓励同学们,让大家每次看到这个盆景,都会想起要积极发现生活中的创意,遇到问题要开动脑筋,积极思考解决问题的办法。

放学后,妈妈接权权回家,权权拉着妈妈的手,开心地把今天课堂上的表现讲给妈妈听。他摸着妈妈的手,心想:我还要继续思考,妈妈的手每天都要点击无数次的鼠标,实在太累了,我一定能想出好办法的!

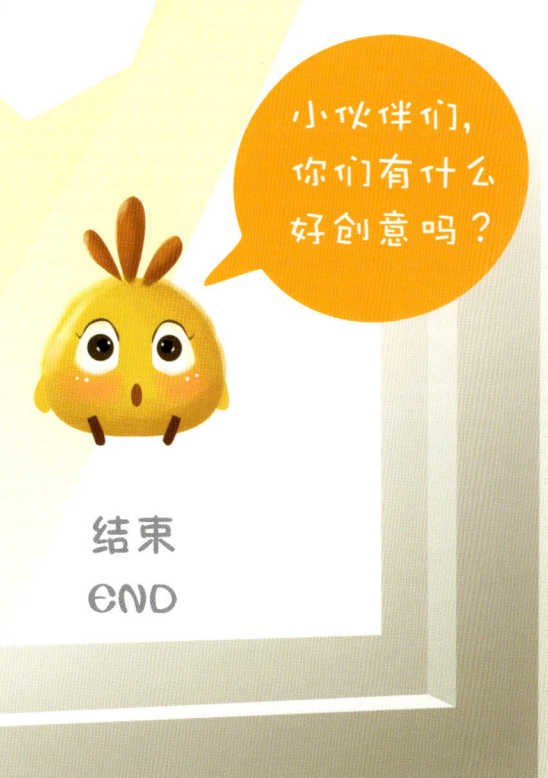

结束
END

看完《"摔"出来的小花园》,你想到了什么?(写一写,画一画)

 "摔"出来的小花园

我也会发明

6
"手足有措"的鼠标

我也会发明

冬日的清晨，刚下了一场大雪，天空像是被洗过一样，干净、透彻、明亮。权权看着湛蓝的天空，想象着自己拿着水彩笔，在这块蓝色"画布"上画上五彩斑斓的鱼儿、红色的海马、绿色的水草、闪闪发光的珊瑚，还有横冲直撞的鲸鱼、懒洋洋滑行的海龟、奇异可爱的海星……

"权权，发什么呆呢？"妈妈见权权坐在窗台前托着腮，一动不动地望着天空。

"妈妈，今天的天空真美，就像海底世界一样！"权权沉浸在他想象的"海底世界"不能自拔。

"海底世界？哪来的海底世界啊？"妈妈心想：权权一定又在那里奇思妙想了。

"妈妈,今天晚上乡村的星星一定很多、很亮,我们一会儿去奶奶家吧,我晚上要在田野里看星星!"夜晚的时候,权权特别喜欢看夜空中闪烁的星星,特别是奶奶家上空的星星,因为那里的星星好像比城里的更加明亮。

"好吧,正好奶奶这些天给你做了新衣裳,叫你去试试呢。"妈妈又补充道,"你先把作业写完哦。"

"知道啦!"权权马上走到了书桌前"奋笔疾书",没一会儿的工夫,权权就把所有作业写完了。

我也会发明

中午,权权一家开着车去奶奶家。刚下过雪的路面很滑,爸爸小心翼翼地低速驾驶,当他们转弯经过一条双行道时,一辆红色小轿车逆向开了过来,吓得爸爸赶快踩住了刹车,险些碰到红色小轿车。

"哎呀,这个司机怎么能逆向行驶呢?这样多危险啊!"妈妈抱怨道。

"可能是走错路了吧,还好我车开得慢,不然就撞到了!"爸爸说道。

"哎,交通规则写得再清楚、管得再严厉,也总是会有一些不守规矩的人。"妈妈感叹道,"真是没办法。"

"没办法吗?应该会有吧,"爸爸说道,"写在纸上的规则可以有人不遵守,但强制的措施可以让这些人不得不遵守!"

"什么强制的措施？"目睹了事件全过程的权权此时正在思考，如何能避免刚才那样的情况发生，爸爸说的"强制的措施"让权权非常好奇，他瞪着大眼睛等待着爸爸的答案。

"嗯……这个嘛……除了罚款外，其他还没想出来。"爸爸支支吾吾地说道。

"我还以为你有什么妙计呢。"权权期待了半天，结果却听到了这个答案。

"不如你来想个高招儿吧。"爸爸说道。

"那我可得好好想想啦。"权权眨着眼睛说道。

过了一会儿，他们到了奶奶家。

"权权来啦,快试试奶奶给你做的新衣服。"奶奶拿着新做的棉袄和棉裤从里屋迎出来说道。

"谢谢奶奶!哎,这也太厚了。"权权捏着棉裤说道。

"冬天就要穿厚一点儿,小孩子可不能着凉啊。"奶奶说道,"我们家权权又长高了,不知道衣服合不合身,快穿上试试。"

权权三下五除二地套上了棉袄和棉裤,像个小粽子一样一摇一摆地走到了奶奶面前。

"穿上暖和吧,过来给奶奶看看。"奶奶上下打量着权权,见他上衣正合适,可是向下一看,权权白白的脚踝露在了外面,"哟,裤子短了,还好我多留了一些布料。脱下来,我再改改。"

"奶奶,哪天再改吧,今天休息一下吧。"

"不累,做这个很快的,真没想到,我们权权长得这么快啊!"奶奶慈祥地笑着,眼角深深的皱纹里埋藏着岁月的沧桑,头上的银发在灯光下显得熠熠生辉。

奶奶将棉裤脚锁好的线拆开,再将棉裤脚放在缝纫机上,一边用手按着裤脚的边,一边用脚来回踩着缝纫机的脚踏板。

权权乖巧地站在旁边,看着奶奶在缝纫机前认真地做活,眼睛注视着缝纫机,只见那机针像"啄木鸟"一样"嗒嗒嗒"地将线快速、有节奏地穿进布料里,再向下看,奶奶的脚同时在不断地踩着缝纫机的脚踏板。

"奶奶,您为什么要不停地踩着它呢?"

"只有踩着它,缝纫机才会转动做活呀,你看,我脚一停下来,缝纫机的针也不动了。"奶奶松开了脚,缝纫机的针也随着停止了工作。

"还真是,手脚并用,这样就不会累了。"

"可不是嘛,人只有两只手,哪能做得过来那么多事,关键的时候脚也得用上。"

"把脚也用上?"权权重复着奶奶说的话,自言自语道,心里默默地回想起那天去妈妈单位看到妈妈甩着酸痛的手腕……"对呀,可以把脚也用上!我想到啦!"

权权大步流星地跑到书桌前,开始写写画画。奶奶看着权权一溜烟儿跑去的背影,笑着摇了摇头,心想:这个权权啊,准是又想到什么好点子了。

想到啦!

我也会发明

冬天的夜幕降临得很早,权权拉着妈妈的手,去田野里看星星。此时天空上繁星点点,就像在一块硕大的深蓝色幕布上镶满了钻石,一闪一闪的。权权说道:"妈妈你看,这个是猎户座,那边是小熊座,那里是……这些星座我都在书上见过,天上的星座和书上画得一模一样。"

"是啊,多读书就会发现更多的美啊!"

"妈妈,为什么我感觉奶奶家夜空里的星星更多、更亮呢?"

"可能是视野和角度不同吧,城市绿化没有乡村好,还有,城市的汽车尾气、工业废气等造成空气污染。"妈妈笑着说,"以后你长大了,一定要想办法解决城市空气污染的问题,让我们在城市的夜空里也能看见这么美丽的星星呀!"

"嗯!"权权使劲儿点了点头。

"对了妈妈,我想到您在工作中点击鼠标时,手不那么累的办法啦!"

"是吗?说来听听。"

我也会发明

权权的想法

今天我看见奶奶在用缝纫机给我改裤子的时候，不但手在动，脚也在一起配合，踩着脚踏板，我就在想，在妈妈的脚下也做一个脚踏板，手累了的时候，可以用脚踩脚踏板，来完成点击鼠标的动作。

按照这个原理，让妈妈通过踩动踏板，来带动上面位于A、B两点的机器触屏以控制鼠标。

缝纫机通过用脚来回踩动踏板上的C、D两点，来带动缝纫机的工作。

"手足有措"的鼠标

> 只有善于观察，才能触类旁通。权权也能为妈妈解决实际问题啦！

妈妈摸着权权的小脑瓜，开心地笑着。

天上的星星仿佛更加耀眼夺目了，好像在向爱思考的权权眨眼睛。

结束
END

看完《"手足有措"的鼠标》,你想到了什么?(写一写,画一画)

 "手足有措"的鼠标

7
管理道路的"三角积木"

我也会发明

我也会发明

到了夏天最炎热的季节，太阳炙烤着大地。毒辣的阳光像火球一样在空气中翻滚着，云朵忍不住酷暑，不知躲到哪里去了。鸟儿贴着树荫飞，好像怕阳光晒伤它们的翅膀。树叶耷拉着脑袋，小草低下了头，花儿也懒得摇摆，无精打采的，没有一丝精神。知了在树上一个劲儿地鸣叫，好像在吵着说："热死啦，热死啦！"人们像在蒸笼里一样，热得喘不过气来，在路上行走时，衣服总是被汗水浸透。

傍晚，夕阳的余晖在权权的书房里伸了一个长长的懒腰，给权权的书房增添了一抹鲜亮的橙黄色。窗外的余温还未散去，权权开着空调，趴在书桌上认真地写作业，笔尖在纸上流畅地画着，发出"唰唰唰"的声音。

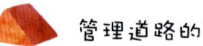

"哗哗哗……"一阵刺耳的流水声打破了书房的宁静。

"啊!真吵,妈妈又在洗衣服了。"权权双手捂着耳朵,使劲儿晃着头,烦躁地说道。

酷暑来临,妈妈每天都要为大家换洗衣服,此时,妈妈正大大地拧开水龙头将水盆接满,要清洗衣服。

权权专心地做着算术题,思路一下被流水声打断了。

"妈妈,好吵呀!"权权把头从书房的门缝儿里钻出来冲着妈妈大喊道。

"哗哗"的水声太大,妈妈没有听到权权的"抗议"。急得权权一大步走到书房对面的卫生间和妈妈说:"妈妈,太吵了,我都算不出算术题啦!"

妈妈连忙关上了水龙头,一瞬间,整个世界都安静了。"衣服正洗了一半儿,妈妈把卫生间门关上就好了。"说着,妈妈关上了卫生间的门,继续洗衣服,"这声音大什么呀?还是你的心不静,快去写作业吧。"妈妈批评道。

我也会发明

权权委屈地回到书房，气呼呼地关上了门。可是"哗哗哗"的流水声还是从门缝儿里"钻"了进来，权权的思路一次又一次被断断续续的流水声打断。权权再也无法静心地做算术题了，他决定扔下手头的作业，从书房"逃"出来，到大厅练习遥控小汽车。权权这段时间脑子里想的都是这个周末要和壮壮、大白他们比赛遥控车的事——为了这个比赛，他已经准备好长时间了。爸爸还特意为权权买了一辆1∶10的新遥控车，权权真是对它爱不释手，不玩儿的时候，就把它摆在床头上、书桌上，就差抱着它睡觉了！

过了一会儿，妈妈洗完衣服，刚走出卫生间，脚下就被一个小东西撞了一下，定睛一看：原来是那辆玩具汽车！妈妈声音不高但却严厉地问道："权权，你的算术作业写完了？"这些天来，妈妈看到权权一有时间就在玩遥控车，无心学习，憋了一肚子火呢！

好吵啊！

管理道路的"三角积木"

"没有……"权权耷拉着眼皮,低着脑袋摇了摇头,手上还不断地按着遥控机的按钮。

妈妈的眉毛一下子竖了起来,严厉地说道:"没写完作业怎么就在那里玩了呢?快回屋写作业吧,我看你满脑子想的都是这个玩具车吧!"

"刚刚洗衣服的流水声音太吵了,有一道难题总也算不出来。"权权小声嘟囔道。

"别总找借口,王阿姨家的小明经常在闹市中学习呢!闹市不比洗衣服的流水声音大多了?我看你啊,现在满脑子都是遥控车。"

权权的嘴都要噘到鼻子上了,不服气地回屋继续算题,心里暗暗地想:我一定要想一个办法,让洗衣服的过程安静下来。

我也会发明

期待的周末终于到了,权权拿着他心爱的遥控车准备和大白、壮壮比赛啦!比赛的地点就在楼下的小花园,大家七手八脚地快速布置比赛跑道,有斜坡、隧道、独木桥……

"这个赛道太简单了吧,"壮壮不屑地说道,"你们一定赢不了我!"

"别吹牛啦,谁的车子更快,要试一试才知道。"大白不服气地说道。

"要不然,我们再加点难度吧?"权权的眼睛盯着旁边一群摆积木的小朋友,突然有了灵感。

"加什么难度啊?"大白和壮壮都很好奇。

"你们好,能借你们的三角积木用一下吗?一会儿就还回来。"权权走到那群小朋友面前礼貌地说道。

加油!

"小哥哥,你们是要比赛遥控车吗?我们可以去看看吗?"小朋友们已无心玩儿积木游戏,他们的心被遥控车比赛收走啦!

"当然可以,过来一起玩儿吧!"权权热情地邀请着。

权权拿着三块一样的直角三角形的积木,摆在了平缓的赛

管理道路的"三角积木"

道上并固定住，形成了一个大陡坡。"这下难度增加了吧！"权权说道。大家不约而同地点了点头。

比赛马上就要开始了。

裁判员嘉美吹响了哨子，三辆遥控车像箭一样"嗖"地冲了出去。只见三辆赛车并驾齐驱，经过缓坡，穿过隧道，冲过急转弯车道，稳稳地越过独木桥，难分伯仲。"加油！加油！"大家的呐喊声响彻小花园，吸引了很多小朋友前来围观，一时间小花园里热闹非凡。眼看赛车马上就要冲过三角积木的大陡坡了，所有的观众都屏气凝神，不再呐喊了，大家都不知道经过三角积木这个大陡坡的时候会发生什么情况，究竟谁的赛车会更快一些？三

管理道路的"三角积木"

我也会发明

个人的赛车都加足了马力,发出了"嗡嗡嗡"的声音。终于经过大陡坡了,三辆赛车几乎同时一跃而起,腾空又落地,只听"啪"的一声,大白的赛车在腾空的过程中失去了控制,落地时脱离了赛道,重重地摔在了地上。"哎……"大家遗憾地叹着气,大白也皱起了眉毛。比赛继续进行,经过这个大陡坡后,壮壮的赛车已经超过了半个车身,权权的赛车也不甘落后,紧紧追赶。比赛只剩下最后一个弯道了,权权的赛车一个漂亮的漂移,第一个冲到了终点!

管理道路的"三角积木"

大家都为权权欢呼。

"小哥哥,你真厉害,你的遥控车能借我玩儿一下吗?"一个小朋友仰着头用崇拜的目光看着权权问道。

"嗯……可以,你要注意别把我的车摔坏了呀。"权权虽然犹豫了一下,但还是把车递给了小朋友,他的眼睛盯着"爱车",生怕小朋友把它给摔坏了。

只见小朋友把车放在赛道的逆向,用遥控器控制它慢慢地在平缓的赛道上前进。开始权权并没有在意,但赛车越开越快,只听"砰"的一声,赛车撞到了三角积木大陡坡的直角边上,吓得权权连忙跑去看看他的"爱车"有没有"受伤"。

"小哥哥,对不起!"小朋友连忙道歉,把遥控车还给了权权。

"还好还好,车子没事儿!"权权虚惊一场。

我也会发明

晚上回到家,权权躺在床上,心里美滋滋的,他反复地回想着夺冠的过程:赛车迅速地冲过弯道、隧道、独木桥,特别是过大陡坡腾空而起的那一瞬间实在是太酷啦!不过,今天险些被小朋友弄坏!权权想到这,还是心有余悸。权权回想起赛车在赛道逆向行驶,撞上三角积木的过程,"对啊!这不就是解决问题的办法吗?!"权权一个鲤鱼打挺从床上跳了下来,连忙到书桌前写写画画。

你们猜,权权想到了什么?

想到啦!

管理道路的"三角积木"

权权想到了那天去奶奶家,遇到不遵守交通规则的逆向行驶汽车,他想到解决这个问题的强制办法啦!

第二天,权权拿着他画的图,自信地走到妈妈面前说:"妈妈,我昨天的遥控车比赛得了冠军!"

妈妈瞟了他一眼说道:"天天玩、天天练,得冠军也很正常。"

"通过这个比赛,我又有新发现啦!"

"什么发现?"妈妈的眼睛一亮。

"那天爸爸说,要用强制的办法,解决逆行汽车的问题,我想出来了。"

原来,权权玩儿也能玩儿出小发明啊!

权权的想法

我要在道路上设置这样的直角三角形的小斜坡。

当车在顺向行驶时，可以很顺利地开过去；当逆向行驶时，车就会被这个直角边挡住了。

但是顺向行驶时，汽车要受到颠簸，怎么解决？

将直角三角形的斜坡改造成带有弹簧的板状斜坡，使车轮在顺向经过时，压下弹簧板如履平地，但逆向经过时却很难通过。

但这种方法还有不足之处，比如，限制车辆不能从逆向通过时，就会出现逆向行驶的车辆"进退两难"的情况，容易造成交通堵塞。

 我们把这个直角三角形中朝上的锐角做成圆弧形状的,这样逆行车辆也不至于被扎破轮胎,造成道路上更大的拥堵呀!

爸爸的建议

爸爸鼓励道:"权权的想法很好,这个解决逆行汽车问题的强制办法虽有不足之处,但权权已经迈出了一大步,给予表扬。"妈妈笑着说道:"只是,做什么事情都要把握好一个度,虽然你这次遥控车比赛取得了好成绩,但也不要过多地占用学习时间哦!"

我要好好学习,早点想出更好地解决逆行汽车问题的强制办法!

此时,窗外的声声蝉鸣仿佛也在为权权加油。

结束

END

管理道路的"三角积木"

看完《管理道路的"三角积木"》，你想到了什么？（写一写，画一画）

管理道路的"三角积木"

我也会发明

8 "瀑布"变"溪流"

我也会发明

"丁零零……"随着放学铃声的敲响,同学们像小鸟一般飞快地冲出了教室。刚踏出教学楼,一股热浪就铺天盖地地袭来,大家不由得又放慢了脚步。

"权权,你周末打算去哪玩儿啊?"铮铮问道。

"天气太热了,在外面玩儿容易中暑,哪儿都不能去,只能在屋子里待着。"权权无精打采地说道。

"那多没劲,好久没踢球了,脚都痒痒了!我还想找你们踢球呢。"铮铮把右脚向前一伸,左右摆了两下。

"啊?这种天气踢球?还不如咱们几个找家冷饮店,吃点冰激凌呢。"大白一边往嘴里塞着薯片,一边说道。

"说得有道理，万一要是你踢着球，突然中暑晕了过去，我们几个也抬不动你呀。"铮铮笑着对大白说。

大白瞪了他一眼，继续吃着薯片。

"周末真想出去玩儿呀！"权权充满期待地说道。

"我倒是有个好主意，"凯亮推了推厚厚的眼镜说道，"我知道有个凉快的好地方！"凯亮露出了神秘的表情。

"什么好地方？快说呀！"大家纷纷心急地问道。

"等去了你们就知道了，上次我爸爸带我和弟弟凯迪一起去的，保证清清凉凉！"透过厚厚的镜片，凯亮的眼睛笑得眯成了一条缝，"对了，带上你们的水枪哦。"

"究竟是什么神秘的地方？这么保密！""还可以玩儿水枪！""一定是个好地方！"这个"神秘地带"引起了大家的兴趣。

"我们也想去！"美琪和彤彤听到他们聊得热火朝天的，也想加入"清凉夏日"的队伍。

"好吧，大家一起去。"大家约定好，星期日的上午一起去那个"神秘地带"避暑。

星期日的上午，凯亮的爸爸开着车带着"清凉夏日"队伍出发了，他们统一戴上了黄色的遮阳帽子。一路上，大家说说笑笑，时间不知不觉就过去了，他们的车停在了一座巍峨大山的脚下。

"好高的山啊!"大家纷纷感叹。

"这山里呀,不但凉爽,还有一个特别好的'清凉地带'呢!"凯亮的爸爸推了推厚厚的眼镜说道。

"那我们赶快出发吧!"大家都迫不及待地要走进"清凉地带"了。"清凉夏日"队伍走在山间的小路上,毒辣的阳光被层层树叶遮住了,树林就像一层过滤网一样,将一股股热风层层过滤,变成了一阵阵清爽的凉风,这凉风中还夹杂着泥土的清香和花儿的芬芳。树上的小鸟欢快地唱着婉转的歌,好像在比谁唱得更响亮、更好听一样;蝴蝶扇着华丽的翅膀一会儿飞在五颜六色的花丛中,一会儿又围绕在他们的身边嬉戏,一会儿又合上了翅膀停在花蕊上;偶尔会有几只调皮的小松鼠从树丛里钻出来,竖着长长的、毛绒绒的尾巴,迅速地爬到树上……

我也会发明

彤彤看着一只美丽的蝴蝶停在了一朵紫色的花上,她屏息凝神,踮着脚尖轻轻地、慢慢地凑了过去,弯下腰,想要捏住蝴蝶的翅膀。她的手越来越近、越来越近,马上就要捏住蝴蝶的翅膀了……"阿嚏!"蝴蝶吓得飞走了!彤彤气冲冲地扭过头,想要看看这个"倒霉"喷嚏是谁打的,只见大白在旁边揉着鼻子。

"大白,你把我的蝴蝶都吓跑啦!"彤彤横眉怒目地说道。

"这里的花太多了,我好像有点……花粉过……阿嚏!过敏……"大白的喷嚏打个不停,鼻涕都淌出来了。

彤彤看着大白的样子,又好气又好笑,扭过头不理他了。

"这里的蝴蝶真多呀,可是,为什么蝴蝶喜欢停在花儿上呢?"美琪问道。

"当然是在采蜜啦。"铮铮不假思索地答道。

凯亮皱了皱眉说道:"蜜蜂才会采蜜呢。"

权权说道:"我在百科全书上看过,花朵为了让蝴蝶帮助自己传授花粉,会发出吸引蝴蝶的气味,蝴蝶可不吃花蜜呀。"

凯亮的爸爸笑着说道:"权权说得没错,花的颜色不同,发出的气味不同,你们看看蝴蝶都喜欢停在什么颜色的花上面呢?"

"红色!"

"紫色!"

"黄色!"

……

大家抢着回答。花丛中,蝴蝶舞动的花翅膀和被风吹得左右摇曳、姹紫嫣红的鲜花,一齐映入大家的眼帘,让人眼花缭乱。

此时隐约听到远处传来"哗啦啦……"的声音。

"难道远处有溪水?"

"这可不像溪水的声音!"

"像是……"权权紧紧闭上眼睛回忆这个"熟悉"的声音,他突然想起来了:"像是我妈妈冲洗衣服的声音!"

"哈哈哈哈!"大家都在笑权权太有想象力了。

终于,他们走到了这个声音的发源地,揭开了声音的谜底,原来,这是一个小瀑布!小瀑布从山顶倾泻下来,像一条银龙从山上呼啸而下,跃至潭底,激起水珠四溅,在阳光的照射下,半空中出现了一道七色彩虹。

"真美啊！"大家欢呼雀跃，迫不及待地跑到了瀑布前面。如烟如雾的小水珠飘在了他们的脸上，挂在了他们的头发上，还调皮地钻进了他们的脖子里，凉丝丝的舒服极啦！

瀑布下方是一个清澈见底的浅浅的水潭，一条蜿蜒的小溪顺着水潭向下缓缓流淌。水潭里的石子在水流的冲刷下光滑圆润，在阳光的照射下，和着缓缓溪流，像是闪烁的晶莹剔透的琥珀。

"这里真凉快呀！"大家开心地跑到水潭边戏水。美琪和彤彤光着小脚丫，在水潭里摸着漂亮的石头。

"彤彤，看我的这块石头多好看！"美琪拿着一块圆圆的石头，那石头上的花纹好像刻着苍山云海一般美丽。

我也会发明

哎哟！

"嗯？你说什么？"由于瀑布的声音太大，彤彤只看见美琪的口型在动，却根本听不见她在说什么。

"我说，我找到了一块好看的石头！"美琪扯着嗓子喊道。

可彤彤还是没听见，她挽起裤腿，走到了美琪旁边，才听到了她说的话。

权权目不转睛地盯着小瀑布发呆，在想着什么。这时，铮铮偷偷地摸出装在包里的水枪，装入潭水，瞄准正在发呆的权权，"刺"的一下，一道细细的水柱滑过，权权感觉脑瓜一凉，"哎哟！"权权一摸后脑勺，原来是被水枪"袭击"了。"哈哈哈！"偷袭成功的铮铮在不远处开心地笑着。

"好啊！你竟然偷袭我！伙伴们，上！"权权、大白、凯亮也拿出了包里的水枪，一场激烈的"水枪大战"打响了！他们奔跑着、欢笑着，一会儿衣服就湿透了……

"水枪大战"结束后,他们顺着小溪的涓涓细流往山下走,"哗哗"的瀑布声越来越小了,此时溪水轻轻流淌发出了悦耳的声音。"溪水的声音真好听!"权权忍不住地说。

"溪水有什么声音?我怎么没听到?"美琪一脸困惑地问道。

"你别动,站在这静静地听。"权权拉住了美琪,溪水经过石头时,发出清脆的声音。

"还真是呢!我以前从来没注意过,真喜欢溪水的声音啊!"美琪不由自主地说道,"比瀑布的声音好听多啦!"

"比瀑布的声音好听?"权权皱着眉毛问道,他不知道美琪为什么要将溪水的声音和瀑布的声音作比较。

"对呀,瀑布的声音太吵!"美琪说。

变成溪水一样的音量！

"是啊，是很吵，就像……妈妈洗衣服一样吵！"权权一边说，一边想：要是能把妈妈洗衣服像"瀑布"一样的声音变成像"溪水"一样的声音就好了。

"你们知道为什么瀑布的声音那么大吗？"凯亮的爸爸跟在后面时，听到了权权和美琪的对话。

"因为水流很大。"权权说道。

"水流很急。"美琪说道。

"还有一个重要的原因，就是水从山上流下来到潭底的距离远、坡度陡，这可几乎是90度的陡坡啊！"凯亮爸爸推了推眼镜说道。

权权突然灵光一现：妈妈冲水的时候，会把满满的一盆水倒下去，倒水的速度太快，导致水流大、水流急！嗯……要是能把"陡坡"变成"缓坡"，像溪水那样流淌，妈妈洗衣服就不会那么吵了。权权一边走一边思考，怎样能把"陡坡"变成"缓坡"、把"瀑布"变成"溪流"呢？

权权一路上都在思考：要想把"瀑布"变成"溪流"，得借助工具才行。究竟借助什么样的工具才能使"瀑布"变成"溪流"呢？嗯……它要起到引导水流的作用，还要控制水流的方向……权权顺着这样的思路想着，突然眼睛一亮：对了，用水管！

权权在脑海里勾勒着他的想法，一回到家，他就迫不及待地和爸爸、妈妈说了自己的想法。

想到啦！

我也会发明

权权的想法

爸爸按照权权的想法,准备了水盆、塑料软管和小刻刀、剪子等工具。

先在靠近水盆边缘的上方挖了一个跟水管粗细相同的洞,把一根水管的一端安在水盆上,另一端拧在水龙头上;

又在靠近水盆底部的位置挖了一个洞,把管子的一端安在水盆上,另一端直接插入下水道中;

这样声音倒是小了,可是水盆里的水直接流进了下水道,妈妈没法洗衣服了。

拧开水龙头,开始往水盆里注水,水顺着水管流进水盆,又从水盆下方的管子流入了下水道,再也不会发出"哗哗哗"的噪声了。

"瀑布"变"溪流"

爸爸的建议

这个小阀门就是一个控水装置!

爸爸把阀门安在靠近水盆底部的管子上,方便妈妈开关。这样,只要打开开关,水盆里的水就可以流入下水道,妈妈洗衣服再也不需要端起水盆倒水了,也不会产生噪声了。

虽然只是给水盆加了一个水管,但是减少了噪声,还省了妈妈不少力气呢!

结束
END

"瀑布"变"溪流"

看完《"瀑布"变"溪流"》,你想到了什么?
(写一写,画一画)